[草日漫畫作品]

澳洲動物園推出「與猛獸同眠」渡假屋體驗喎～
咁有趣？

叢林套房夜晚仲可以聽到猛獸叫聲添～
正喎！

睇咩睇得咁開心呀？
激突照片囉～越突越多人Like㗎～

狗狗的短暫記憶：
狗狗犯錯，被責罵的時候
都會一面懊悔的樣子…

這只是一種反射性的回應，
很快牠們便會忘記自己
曾經犯過甚麼錯…

這一種行為也會發生在
一種叫老公的動物身上…

貓咪會因應環境
嘅溫度、光線、嘈吵
度、狹窄度同心情
去決定瞓覺嘅地方～

簡單講句，貓咪
係對瞓覺地點最
挑剔嘅動物！

係咪要同我
作對呀!!!

聽講歐洲國家會撥款
400億去尋找外星人……
咁誇張？

咁不如畀400億啲
外星人叫佢哋出嚟啦～

作為一個
業餘動物行為
觀察家……
我今日發表
嘅題目係～
狗狗的思考
方法～

就係個頭側向
左邊就係用左腦
思考，側向右邊就
係用右腦思考！

黐線啦！
瞓摈頸之嘛!!!

喂～你隻漢堡包
依家響我手上，想佢
冇事就攞錢嚟交換！

望咩呀！我都有睇
草日漫畫㗎!!!
……

據說人類要用上千年去馴服狗狗
Sit!
Sit!

喵～!

貓貓只花一秒便馴服了人類

小肥，你響度做咩呀？
放生礦泉水囉，係咪好無聊呢？

你又響度做咩呢？

放生空氣囉～
輸咗添……

我年紀咁大，
呢啲嘢唔關
我事囉～
聽講好多年輕人
響自拍嘅時候
發生意外……

可唔可以遞部
手機畀我同網友
報個平安呀？

快啲去冲涼啦！
好dirty呀你!!!
天氣轉涼嘛，幾日
唔冲涼都OK嘅～

長期留響皮膚上面
嘅污垢同細菌……
係可以自然形成
一個保護罩架～

冲涼
呀!!!

寵物美容套餐？
有咩服務㗎？

剪趾甲啦～清耳朵啦～
沖涼啦～除蚤啦～
簡單修剪啦～
啱晒佢喎～

我淨係想
修甲！
……

原來金字塔真係有
神奇嘅力量㗎～
成熟啲啦你，
仲信埋啲咁
嘅嘢～

金字塔能夠釋放大量嘅負離子，
淨化空氣，對逆轉肌齡好有幫助……

……

你知唔知貓係最能夠
忍耐痛楚嘅動物嚟㗎？
係咩？

唔信你大力搣我一下～

哇～!仲痛
過生仔呀～!!!

快啲執起佢啦，
食物跌咗落地5秒
內都仲可以食㗎!
算罷啦，我係唔會
信呢啲偽科學㗎……

我淨係信大菌食細菌㗎咋～

「野豬都市亂闖，頭部
不慎卡在欄杆間…」
唉～適者生存
呀，要適應都市
生活先得[illegible]András～

睇嚟個樹丫未
適應到你塊面…

真係世界變呀～
都過咗中秋啦，
仲咁鬼熱～

全靠呢啲極端天氣，人類
先會有偉大發明咋～
即係咩呀？

雪糕月餅囉！

原來貓叫聲係可以
減輕主人嘅憤怒情緒，
免受責罰㗎～

下次你可以對住
外母試下～
都好喎～

佢嗌得
好似狗……

又着衫又戴帽，你有冇發覺啲狗越嚟越似人呀？
哈！邊似貓咁有獨特個性吖！

我呢對係限量版拖鞋嚟㗎!!!

又瞓？起身
畫稿呀!!!

咪嘈住我啦你！我呢個係達文西睡眠法，每瞓4小時就工作15分鐘……

人哋係每工作4小時瞓15分鐘呀!!!

上格櫃放證件……中格櫃放
單據……下格櫃放信件……
你響度做咩呢？

畫一幅收納地圖，以後
我搵嘢就唔使勞煩你啦～

老婆……知唔知張
地圖放響邊？

隻碟洗完
仲有啲污漬嗎～
收到!!!

光潔雪白當鏡照
都得呀！

有指紋……

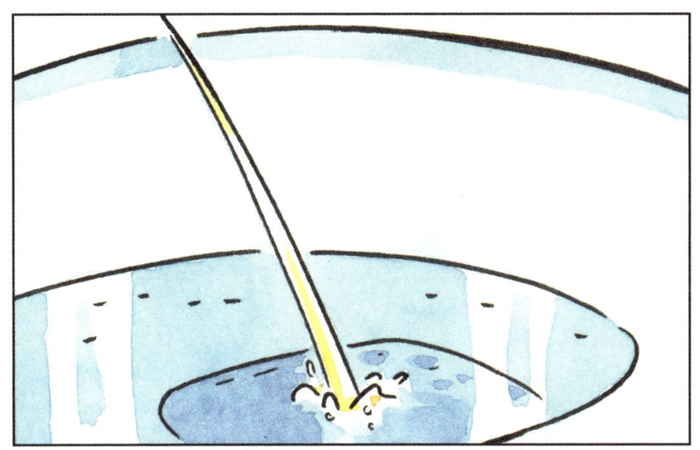

入水角度
準繩！
零水花！
10
10

這是所有老婆對
老公的期望……

牙膏要由個
底唧出嚟㗎！
中間唧出得
快啲呀！

我老婆就鍾意響條頸度唧…
？
？

講！晏晝「祟」咗去
邊？「祟」咗去邊呀？

點解喎！點解
女人要生仔
喎!!!

我知⋯
你真係知？

因為男人怕痛⋯
⋯⋯

我覺得你好似一種生物…
咩生物呀？

為免響地球畀人騷擾，我決定嚟月球專心工作…

唔知岩士唐着幾多號鞋呢？
有稿交未呀～？

我乜都諗唔到呀！
我需要獨處嘅空間呀!!!

創作人需要自由⋯

其實呢…呢我都想有隻
寵物陪我運動出下汗…

聽講咖啡可以
令創作人提起
精神…

飲茶可以
令創作人舒緩
情緒…

紅酒可以
令創作人增加
靈感…

總結下你嘅
體驗吖～
尿頻…

有稿交未？
我乜都諗唔到，
個頭好似唔屬於
自己咁…

你個頭好快唔屬
於你自己…
即刻諗到
畫乜嘢～

老公晾衫三式!!!
第一式！
樹獺攀籐！

第二式！
蟒蛇纏枝！

第三式！
蝙蝠掛樹！

老公晾衫魔法!!!
細碼衫變大
碼衫!!!

長褲變短褲!!!

襪子變咸菜!!!

今日嘅話題係…擅於隱藏嘅動物…

其實…我都係一隻擅於隱藏嘅動物…
....

我擅於隱藏自己嘅感情～
....

遇上野豬怎麼辦!!!

狹路相逢勇者勝！
衝呀!!!

哇～!好彩
條路夠闊!!!
BOOM!!!

快啲google
下⋯野豬嘅天敵
係咩⋯

虎～虎～虎～

喂！畀下面好喎！
天敵喎!!!

喂！咬住唔放
喎！點算呀!!!
你冇聽過If you can't
beat them, join them
咩!!!

Hey! My Friend!!!

野豬家豬不兩立！
哇～!不用分
得那麼細嘛!!!

喂！點算呀!!
隻野豬仲係咬
住唔放喎!!!
咁不如用終極
一招啦!!!

哎吔～!
心臟病
發添～!

網傳話裝死係用嚟
呃熊人個喎～
我哋唔好理佢…

……

途人眼中野豬的形象…

……
……
野豬眼中途人的形象…

屋企連一罐魚子
醬都冇！我留響度
仲有乜意思吖!!!

我要做一隻流浪貓，
我要以天地為家!!!

噓～差啲
唔記得攞埋個
健康枕添～

小肥…你唔好走啦…
你唔可以離開我㗎…

外邊嘅生活
好艱難㗎…
你會適應唔
到㗎～

一個月後……
賬單

專家話呢，貓嘅
社交圈子最多只會
有100個朋友…

咁就好喇…

我仲有99個quota…

專家話呢…人類
滅絕之後呢…
老鼠就係地球
嘅統治者…

咁…我哋使唔使
討好下佢呀？

?

乜嘢都
諗唔到…
腦閉塞
添…

去完廁所
暢通晒！
即刻有
ideas!

證明佢係用
個pat pat諗嘢！

我預感有地震…
真係唔該晒喎～

周圍啲床蝨問題咁嚴重，
唔知幾時會惹到嚟香港呢…

呢啲嘢…唔關我事囉～

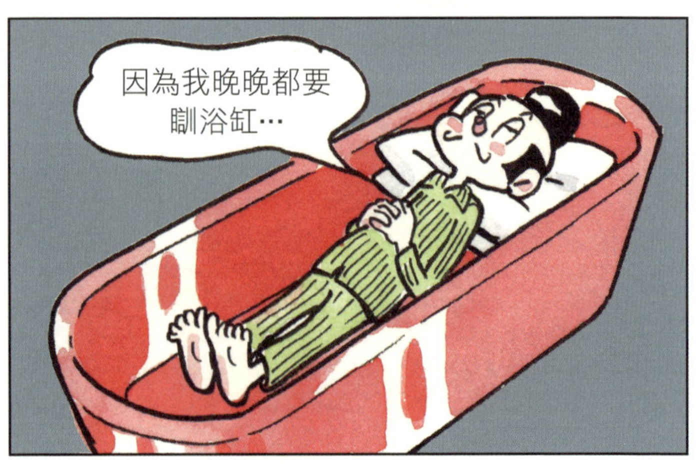
因為我晚晚都要
瞓浴缸…

個胃有啲脹
想食少少嘢添…
你講嘢都幾
矛盾個喎…

你夠矛盾啦～
我點矛盾呢？

你好專心望住部手機但係
又好唔認真瀏覽緊啲內容囉！
……

「貓咪四處便便，
說明牠過得很自
在，在家裡沒有
任何威脅，是生
活幸福的表現…」

……

佢…一定係…生活
得…好…幸福喇…

小肥你大細面喎～

可能係你咀嚼食物
嘅力量唔平均喎⋯

哈⋯其實係我收埋咗隻
油雞髀未食啫～
⋯⋯

女士們注意！女士們注意！長期做低頭族會令頸紋增加！

孤獨嘅好處係
能夠有更多時間
去尋找自己⋯

我咪一直坐
咗響度囉⋯

世衛稱「孤獨」
危害健康，有如
每日吸食香煙…

喂！老友！

有冇火
呀？

重要宣佈！
50年後嘅海洋⋯

再見唔到有微
膠粒喇～
YEAH!

係變晒納米膠粒呀！
哈～哈～哈～！
⋯⋯

專家話喜歡賴床
嘅人智商比較高⋯

當然啦⋯

我哋個腦
要不停運轉
諗啲理由唔
起身嘛⋯

我哋幾時先可以開工
呀？
等多陣啦…

好快就有大量廢紙跌落地
㗎喇…

年紀大咗呢⋯女人笑得
越多法令紋就越明顯⋯

好彩啫～
好彩咩呀？

好彩你啲漫畫
唔好笑啫～
⋯⋯

數據顯示呢，飼養貓咪係會令主人降低血壓同膽固醇嘅～

心臟病＋中風

你睇下，我隻貓減肥前
嘅相呀～
咁減肥後嘅
相呢？

畀佢Delete晒…

老友…介唔介意撻枱呀？

撻枱？
搭枱下話？

介唔介意
有老鼠撻落
張枱呀～

要學會享受孤
獨，首先要放
下你的手機～

哇～ 好恐怖呀!!!

你睇下，我隻貓上鏡過
我老公㗎～

你睇下，我諗我隻狗影相
靚過我老公…
……

如果有得揀，原來
好多人會選擇同寵物
一齊瞓⋯

例如呢？
例如貓啦⋯狗啦⋯倉鼠
啦⋯烏龜啦⋯迷你豬啦⋯

「只需要有充足
水份，沒有泥土
植物也可以茁壯
成長」

唔知點解我個頭會長出
棘杜鵑～
下次可以試下
放羽衣甘藍
種子…

小心呀～好狗
唔攔路呀～

放心啦，擺尾係
親切友善嘅表現呀～
你睇清楚
佢條尾先啦～

隻狗不停食草，
一定係腸胃有問題喇~

小肥，乜你又
身體唔舒服咩？
冇…我見人哋
食嘢自己又口痕搵
啲嘢咬下啫~

尋犬

你有冇諗過…點解
啲狗會離家出走呢…
係囉，又話係
人類最好嘅朋友…

狗都會誤交損友
㗎～

請問你咬緊咩呀？
花膠囉，我好注重牙齒健康㗎～

你又咬緊咩呀？
鹿腳筋囉，好滋補㗎～

我咬緊我主人隻限量版波鞋…
哇～可唔可以借嚟咬下？

無論你嘅工作有幾忙…
工作壓力有幾大…
你都要畀啲時間放鬆一下自己…嘗試…

放空腦袋…放空腦袋…放空腦袋…

係咪咁樣呀？

好嘈呀…
咁樣點瞓呀～
貓係夜間活動嘅
動物，冇辦法啦～

搞咩呀你
兩個？
搞運動會呀～

絕對嘅寧靜對一個
創作人係最重要嘅，
打坐冥想可以帶你進入
一個無聲嘅海洋世界…

點解會有電影
配樂出現嘅？

漢堡包你睇下，賊王逃獄
一個月之後又畀人捉返～

（逃獄前）
70
60
50
40
30
20
10
賊 王

（逃獄後）
70
50
賊 王

哇～差咁遠嘅？
佢匿藏咗響間
安格斯牛扒餐廳…

點解個腦好似越嚟越實，
乜嘢都諗唔到咁嘅…

久坐會令腦部萎縮呀～
有咩關係
呀？

天氣凍呀！
着衫啦!!!
咪着緊
囉…

着多啲啦！又唔
係叻過人!!!

着唔係問題……不過可唔
可以唔好大便色tone呀？

仲有冇多啲廢紙呀！好似掟雪球咁好玩呀!!!
多謝你呀草日!!!

阿嬋…
有冇嘢食
呀？
幫助下我呢
啲弱勢社群
啦…

但係你連邊隻腳受傷
都未分清楚喎～

因為呢…
我仲有少少
智障…

阿七！你唔可以
一日瞓到黑㗎！

你咁樣會
一事無成冇晒
前途㗎！
振作啲
啦你!!!

Nice Dream
……
……
結果阿七成為了
高級床褥代言人…

我唔明點解黑貓
咁唔受歡迎～
因為黑貓代表
迷信啦…邪惡啦…
同不幸囉…

優點係黑貓污糟咗
都唔多覺…
你咁肯定？

我本身係一隻白貓～

有人話貓鍾意企響
高處係因為我哋係高傲
自負嘅動物…

漢堡包，唔知
你又點睇呢？

我淨係
想隻老鼠
快啲走
開…
真嘢唔好
攞出嚟講吖～

防貓刺墊有用嗎？

今天我們用一塊在網上有5粒星正評的刺墊來做測試～

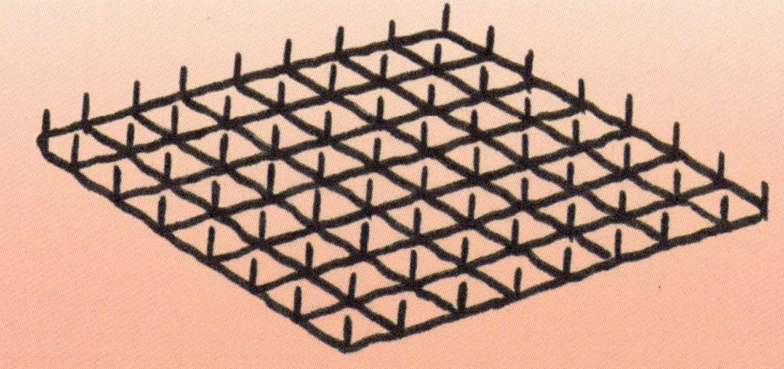

求下你唔好走啦～
放手啦！我一定要走㗎！

你估佢兩個乜嘢關係呢？
情侶或者兩夫妻啩～

食肆老闆
留港消費啦…
顧客

……

Excuse me～
我覺得你挨實條柱
好有問題囉⋯
……

……

小編⋯我冇
稿交⋯
因為今日嘅
霧霾好嚴重⋯

你響屋企做嘢，出面
大霧關你鬼事咩！

我係腦
霧⋯

你話你今日冇稿交係因為噚晚畀外星人捉咗？
有相為證冇呃你！

呢件逃寶貨
嚟嗎…
睇得出咩？

作為天生嘅捕獵者，
聽覺靈敏就梗㗎啦～

1000米之外…
三點鐘方向…
有人開貓
罐頭！

弊喇小肥…我哋
好似迷路呀～

狗盪失路隔幾千公里
都搵到路返屋企啦，何況
聰明 嘅貓～

不如…calll uber啦～
你呢個提議相當
聰明～

有稿交未呀？
我瓜咗啦，
幫你唔到
囉～

召喚
神龍！
我要呢條
友復活!!!

快
啲
畫
啦
!!!
瓜咗唔使
做呀!!!

啲網民話呢套韓劇
好鬼悶喎…
唔係呀～
好睇呀～

個畫面定格定咗
好耐囉喎…

睇人定睇劇呀你？
有咩分別呀？

小肥，你覺得呢套
金腳指好唔好睇呀？
好睇呀～

偉仔嘅演技真係
出神入化呀～

你呢個
劉華嚟個喎～

我要走喇…主人
帶埋我去移民呀…
你哋要好好
保重呀…

一場朋友～話走就走～

……
……
連散水餅都冇!!!

夜深的時候，寂寞的
動物會發出嚎叫聲…
嗚~嗚~嗚~

嗚~嗚~嗚~

有一些動物比寂寞的
動物更加寂寞…
你可唔可以行遠啲
嗚嗚嗚呀？

呢幾日我個男主人日日
準時帶我出街散步大便～

咁好？個懶鬼
良心發現咩佢？

我吞咗佢疊私己錢⋯
我打算逐張
排返畀佢⋯

草日～經過多年嘅
沉澱，我ready好演繹啲
有深度嘅角色喇～

小肥，做咩咁
苦惱呀？
劇本

佢要我扮演一個好食
懶飛嘅角色～
劇本

小肥！做咩呀你？
就嚟世界末日喇！挖定啲地洞儲糧食呀!!!

你再挖⋯個世界就真係末日㗎喇!!!

100米距離有隻
珠頸斑鳩走過…
嗰隻烏鴉嚟㗎～

50米距離地下有個波…
嗰個垃圾袋
嚟㗎～

不如睇返啲近嘢
啦你～
冇帶老花鏡…

做咁劇烈運動都
好似減唔到肥嘅…
試下用膠碟代替
Pita Bread啦～

外星人，點解你會
出現響商場嘅？

你嘅目的係咪
宣揚世界和平呀？

Shopping! Shopping!!!
……

點呀？

我啲眼神夠唔夠
朝偉呀？
……

我只係覺得你嘅
動作很劉華囉～

我終於明白
點解我嘅演技停滯不前…
點解呢？

因為…我放唔低我嘅
偶像包袱…

有Fans先叫偶像
喎～

唔知啲樹木怕
唔怕凍嘅呢～

我覺得佢哋
好怕熱就真～
點解呢？

……
冬天佢哋都剝
光豬～
……
……

聽講天氣凍呢…
特別多家居意外㗎～
特別係太接近
個暖爐呀～

哇～ 佛陀呀！

專家計算人類將會
滅亡嘅原因…

大地震？海嘯？隕石
撞地球？外星人入侵？

係人類維持依家嘅
生活方式…

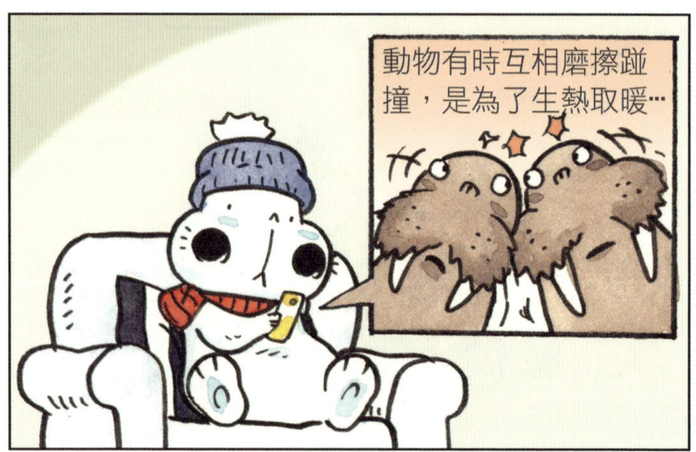
動物有時互相磨擦踫撞，是為了生熱取暖…

……

貓好怕凍㗎，所以我哋
要不停食食食～

咁先有足夠嘅熱量
保持身體溫暖㗎～

但係你食雪糕
喎…
雪糕令我心內暖
嘛～

演技好唔好呢，睇對眼
就知㗎喇，偉仔對眼真係
識講　嘢㗎～

我對眼講緊咩嘢？
講緊咩嘢？

講緊⋯我想做返個好人⋯

嘩～你隻手勞損得好
緊要喎，做邊行㗎你？
畫…畫漫畫…

我肯肯定你係重複一個
畫畫嘅動作受傷啦！
……

成日煲劇，對腳長時間
唔郁會影響血液循環㗎～

跑步機？
我已經訂咗部機啦！

泡腳機

長時間煲劇，對眼
成日望實個mon唔乾
咩？
乾呀…

所以每隔50分鐘…

我就會睇一齣
催淚韓劇…

長時間煲劇對眼睛不利呀，
連續看4至5小時劇集，視力
暫時減退30%，會大量
消耗視網
膜上圓柱
細胞…

我對眼都不知
幾凌厲呀！

點算呀！啲韓劇煲晒喇!!我嘅
人生完結喇!!!世界末日喇!!!!

值得二刷的韓劇
清單如下…
….

老公，我個頭今日
有咩唔同呀？
考我？我一望
就知啦～

你…多咗白頭髮！

BOOOOM

今日大掃除，我吔要狠心啲，斷·捨·離！
你掉我啲嘢，我掉你啲嘢！

……
……

放低件衫佢！快啲!!!
冷靜啲！放開我個figure先！

恐龍可唔可以出嚟
賀龍年呀？
OK啦！
不用分得
那麼細
嘛～

預埋我得唔得呀？

哥斯拉
唔得喎…

斷・捨・離呀，你啲底褲殘殘舊舊，掉晒佢啦～

咁搞法，我冇底褲着過年喎…

喂！啲椂柚葉唔係咁用㗎！

今日大年初三
赤口做咩好呢？
梗係出嚟跳
廣場舞啦！

嘈到拆天咁…
想嗌交都嗌唔到
啦！
新春
大吉

我哋大年初一
跳到年初四，點解
一啲都冇瘦到嘅～

鬼咩～日日都食
一底蘿蔔糕…

依家放個屁都有
蘿蔔糕味呀～
好核突呀你!!!

我學習嘅偶像係
羅拔迪尼路，為咗演好一
個角色，佢會增肥60磅…

佢為咗演好另
一個角色，練到有
八舊腹肌喎～

其實…我偶像係
阿爾柏仙奴…

一個出色嘅演員，
一定要自由控制到自己
嘅面部肌肉…

咁可唔可以瘦面呀？
得我一早做咗啦！

漢堡包，演戲唔係咁簡單
㗎，淨係痛楚都分級數㗎！

一級痛楚⋯
二級痛楚⋯

哇～十級痛呀～
佢真係演得
好好呀⋯

漢堡包，你覺得
我啲演技點呀？
你令我想起
一個影帝呀！

羅拔迪尼路？
阿爾柏仙奴？
梁朝偉？
定係發哥
呀？

係肥貓鄭則仕～

試下我哋公司嘅
新產品吖，保質期
有100年㗎～
末日貓糧

味道點呀？

哇～世～界～末～日～呀～
……
糧

演戲真係唔容易㗎，
識唔識得操控面部肌肉先？

你睇吓左邊個演員
表情幾僵硬～
右邊嗰個
仲硬喎⋯

右邊嗰個係膠⋯
⋯⋯

又試腦閉塞添…

工欲善其事，必先利
其器，坐凳唔啱你！
?

點呀？
係咪暢順
好多呢？
我冇必要
答你…

戲呀！咩嘢叫
做戲呀漢堡包!!!

你嚟嚟去去得一個表情，咁樣叫做戲咩？

我以為⋯咁樣先連戲嘛⋯

想要輕鬆工作，
先要擺脫壓力…
一切壓力，都是
你自己想像出來
的…

交稿呀！
走開啦幻覺！

交稿
邊…邊可能
有咁大個錘…
一定係幻覺…
一定係…

漢堡包，今日我教你無
實物練習　，演員係要用想像
力去演戲嘅！

第一步…
你見到咩咁興奮
呀？

你見唔到我有好多好多
Fans咩…

原野春夢花開燦爛笑春風

?
?
春

哇～！春天
係蚊蟲滋生嘅季節
呀!!!

哇～一支拐杖
就可以凌空升起，
好神奇呀～

啤～有幾神奇啫，如果
你畀支朱古力手指我？

喝!
金鐘罩!

點算呀？似乎佢依家
刀槍不入，喎～
呢啲所謂氣硬功，
一定有罩門嘅…

咬腳趾罅
咁卑鄙都有嘅!!!

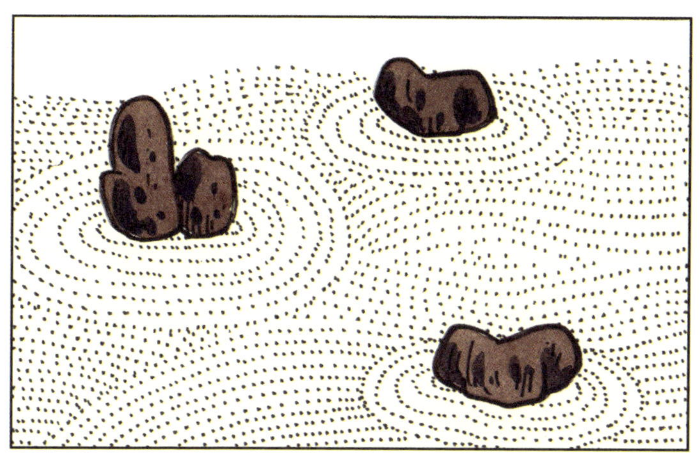

點呀？有冇啲禪嘅
味道呀？

我淨係聞到有貓屎
嘅味道……

耐人尋味

一日落雨落到黑，
咁鬼潮濕，真係好煩
呀～

老婆，過嚟朝聖
先啦～
?

哭牆呀～
……

老火湯，
你聽緊咩呀？
聽緊貓貓
最鍾意嘅音樂～

咁即係咩音樂呀？

罐頭音樂～

狗狗嘅小便真係好有用
㗎，只需要周圍小個便…

就可以同附近嘅
親朋戚友溝通㗎喇～

咁尿頻～點解唔用
whatsapp呢？
……

你做乜要帶隻貓
嚟睇獸醫嘅？
定期檢查啫，你呢？

佢有少少暴力傾向…

點呀小肥？今日
我哋晏覺瞓邊度呀？
等我用枝能量棒
探測下先啦～

哇～呢度啲能量
超強呀～

咁點解
唔瞓呢
度呢？
係堆廢紙
充滿負能量～

我老公好念舊⋯
念舊好吖，念舊
唔忘本重感情嘛～

我最憎念舊嘅男人⋯
?

舊漫畫
舊模型
舊雜誌
舊玩具

醫生話將啲
貓糧收埋響啲
玩具入面…
係要延長你
嘅進食時間，順
便可以做下
運動～

……

運動吖
嘩!!!
運動吖
嘩!!!

為咗保留少少私穩，我想換個有蓋貓廁所…
換乜鬼吖！你有乜嘢我未見過吖！

…………

為咗保留少少私穩，我想換個有蓋廁所…
換囉…

貓嘅身體就
好似水一樣，
走入紙箱就
會變成紙箱⋯
走入膠盆
就會變成
膠盆⋯

咁試下走入
膠袋吖！
CAT

係咪變成膠袋呀？
係變咗一
個賊⋯
CAT

儲儲埋埋
咁多舊書有
咩用吖！
舊雜誌又
有！
舊畫冊又
有!!!
MOVIE

有所不知
喇你…
呢啲都係我
創作歷程
嘅一部份…
MOVIE

連中三數學
教科書都有!!!
裡面有我
啲手稿㗎～
MATH

專家建議貓咪進食嘅
最佳食物溫度…

係要接近老鼠
嘅體溫…

搞到我冇晒胃口喇你！
……

你哋要記住！我哋
成日瞓，係要為捕獵嘅
時候儲存能量！

老竇！獵物呀!!!

老竇！醒下啦!!
唔好 瞓呀!!!
佢呢啲叫詐死…

科學家用古代貓同
現代貓嘅DNA去比較，
證實現代貓反應比較慢…
漢堡包
你點睇呀？

我唔覺得囉～

當有貓咪對你做成困擾的時候，驅貓人便會出現…

嗰隻貓成日眼定定望住我，都唔知佢想點…
個問題唔係響佢度，係響你身上…

……
你着到成件三文魚咁，梗係望實你啦！

日嘈夜嘈，
都唔知佢點先
肯走！
當有貓咪對你做成
困擾的時候，驅貓
人便會出現…

正所謂天涯
何處覓知音…
有時一句鼓勵嘅
說話已經好足夠…

BRAVO!

我好嘴刁㗎，食魚淨係
食三文魚㗎咋～
加拿大定
挪威呀？
原條定
碎上呀？
切片定切粒
呀？
煙燻
定Sashimi呀？
多汁定
少汁呀？
要咩嘢
溫度呀？
……
做咩唔睬人
咁冇禮貌㗎你！

我諗冇咩動物比
貓更加熱愛海洋～
你講得
啱呀～

不過你可唔可以
企呢邊呀？

點解要調位呢？
我唔想整濕
隻腳～

唔好再做無謂嘅掙扎
喇，面對現實著中碼啦…

做咩淨係針對我啫!!!

我宣佈，貓係陸地上
嘅王者～

我更正～貓係
空中嘅霸王!!!

我諗呢…貓每日要用
一半時間整理貓毛…
差不多啦…

請問…你嘅生活
會唔會好無聊呢？
…

哇～呢幾條
清蒸正呀～

哇～呢隻清炒
定紅燒好呢～

你到底睇緊紀錄片
定飲食節目呀？
有咩分別
呀？

你經常響人哋
面前放大我嘅缺點，
隱藏我嘅優點⋯
我覺得你
應該對我好
啲囉⋯

⋯⋯
我老公今天掃地

世尊，點解你
對耳朵咁大嘅？
係為咗細心聆聽別人
嘅聲音～

漫畫角色最緊要係眼大
口大，咁先可以表達感情嘛！

你得個鼻哥窿大
係冇用㗎～

都話係貓斑
囉！
呢啲嘢讀者
係唔會care
㗎!!!

男人用左腦思考，
擅長理性分析，所以
計數特別叻～

咁你計吓我同你做
家務嘅百分比係幾多？
50/50

HAHAHA!
……

獵物為了避免獵食者的攻擊，眼睛會不停進化，以降低被撲殺的風險…

……

所有老公都唔記得
結婚周年紀念日…
我將個日期
紋咗響佢身上…

咁佢咪實記得同你慶祝
囉～

紋響背脊睇唔到
我點記得啫!!!
12.1

貓和狗都是用嗅
覺溝通的動物，
透過氣味去嘗
試了解對方⋯

點解咁講呢？
呢隻貓相當唔友善～

佢放咗個屁～

我隻貓成日半夜
抓門，令我好困擾…
命

只要你堅持唔
開門畀佢，佢就
會知難而退㗎喇…

命

年長的貓缺乏運動，
可以利用雀鳥羽毛去
刺激牠的捕獵本能…

呱！呱！呱！
追我啦!!追我啦!!!

咪走呀！
我哋要射
鵰呀!!!

貓有兩億個氣味接收器，而人類只有五千六百萬個…

你同我講呢啲嘢做乜嘢～

我想你快啲去剷走啲貓屎…

貓是晚間活動的動
物，夜巡是牠們的
例行動作…

但有些貓卻煞有介事…

草生，做咩咁夜
都未瞓呀？
……

有冇興趣跟住呢個
2023香港美食地圖
去搵好嘢食呀？

？
改咗版喇…呢個
係最新嘅2024…
2024

美食執笠地圖…
……

睇韓劇梗係要準備
紙巾啦，啲劇情好催淚
㗎～

睇韓劇梗係要準備
紙巾啦…

佢哋成日食炸雞搞到我
流晒口水呀～

要兩件A3和牛
七成熟！

原來養大一個B
要600萬，飼養一隻貓
只需要70萬…

轉兩件A5和牛！

天氣熱，係貓貓
剪毛嘅時候…
又係貓貓受
傷害嘅季節…

嚴重嘅心理創傷…

佢哋係咪組緊舞團呢？
唔通想學Avantgardey?
係個地下好「辣」腳呀!!!

作為一個漫畫主角，識得擺pose係好緊要㗎～

噚～你試下得閒就擺下啲Jojo pose⋯

⋯⋯

每個人屋企都需要
一隻貓…
因為佢哋
天生擁有治癒
嘅能力…

幫緊你！
幫緊你!!!

係咪要膠布呀？

#揸掃把的
老公特別帥

打爛嘢仲懶
可愛!!!

面對情緒低落的貓，輕撫
下巴是最有效安慰方法…

識我咁耐…
你幾時見過
我有下巴
呀～

狗臨終前離家出走，係
因為唔想畀主人見到傷心…

貓臨終前離家出走…

係想再睇下呢個
世界…

書名	我不是河馬
作者	草日
責任編輯	肥佬
校對	Walter@ 童創文化 Jeremy@ 童創文化
出版	格子有限公司 香港荔枝角青山道 505 號通源工業大廈 7 樓 B 室 Quire Limited Unit B, 7/F, Tong Yuen Factory Building, No.505 Castle Peak Road, Lai Chi Kok, Kowloon, Hong Kong
印刷	嘉昱有限公司 香港九龍新蒲崗大有街 26-28 號天虹大廈七樓
版次	2025 年 7 月香港第一版第一次印刷
國際書號	ISBN 978-988-70532-9-3